DU SOUVERAIN.

JERSEY,
IMPRIMERIE UNIVERSELLE,
19, DORSET STREET.

DU

SOUVERAIN,

PAR

W. DE FONVIELLE.

LONDRES,

LIBRAIRIE ET AGENCE DE L'IMPRIMERIE UNIVERSELLE

DE JERSEY,

50 ½, GREAT QUEEN STREET, LINCOLN'S INN FIELDS.

—

MDCCCLII.

DU SOUVERAIN.

Un homme environné de l'appareil de la toute-puissance, armé des foudres qui terrassent et servi dans ses desseins par des agents implacables paraît imposer sa volonté à la nation tout entière, et croit peut-être commander aux Dieux eux-mêmes. Si quelqu'un venait révoquer en doute l'existence même d'un pouvoir bruyamment affirmé par tout l'éclat des grandeurs humaines, il serait certainement accueilli comme un rêveur digne de pitié.

On ne manquerait pas d'arguments pour accabler le sceptique. On lui demanderait si, lui-même, il n'a pas ressenti tout le poids de l'autorité personnelle du prince. On lui montrerait ces proscrits errants sur la terre étrangère, qu'un seul décret a dispersés sur toutes les rives, comme l'aquilon chasse devant lui les débris confondus et arrachés. On l'interrogerait sur les mystères de ces lointains cachots où s'éteignent douloureusement les hommes vaillants et généreux que le vainqueur a jugés dignes d'être frappés sans merci.

Cependant un usurpateur est bien loin d'avoir accaparé et de posséder en réalité la puissance souveraine dont il a reçu la pompeuse investiture. De nouveaux sacrificateurs s'apprêtent à donner à l'autorité renaissante la seule consécration qui rappelle convenablement les jours de son triomphe ; mais derrière tous les mensonges officiels, réside toujours menaçante et terrible l'inaliénable souveraineté du peuple. Tout est factice et trompeur dans cette autorité orgueilleuse qu'on encense avec un empressement servile. Celui qui se pâme en revêtant les insignes du commandement, s'enivre par un vain simulacre, comme le monarque antique faisant rouler ses chariots sur un pont d'airain pour imiter le tonnerre de Jupiter. Il cherche à compléter son erreur, à se rassurer lui et les siens en éprouvant son pouvoir sur quelques innocents désarmés, pendant que se ramasse dans la nue la foudre vengeresse qui va tantôt le précipiter.

Que de ressorts cachés diminuent la puissance apparente de celui qui entend gronder autour de son trône le déchaînement des passions humaines ? Les orages de l'Agora sont remplacés par des intrigues de palais que les mêmes intérêts alimentent, car on ne sert pas le prince par désintéressement ou par amour : le courtisan ne travaille que pour soi. Pour parvenir à s'imposer au maître, n'ira-t-il pas jusqu'à usurper le rôle des vrais amis du peuple ? L'homme de cour exploite les nobles sentiments, qu'il excelle à pervertir, et qu'il détourne en instruments de misérable ambition.

Le théâtre du monde ne peut demeurer vide. Au lieu d'obéir à la voix des tribuns, le peuple suivra le parti des eunuques et des sultanes favorites. Il ne sera plus question des grands intérêts sociaux, mais la cité sera déchirée par les factions des verts et des bleus. Il faut un élément à l'activité du peuple ; il le choisira vil et méprisable, si on ne lui présente quelque chose de relevé.

Que ne peut-on initier la foule dans les secrets de la couronne. S'il était possible de démontrer en public l'anatomie des grands corps de l'état, comme on secouerait cette crainte révérentieuse qu'engendre la pompe théâtrale chez les spectateurs du parterre.

L'esprit naïf de la multitude fait tout consister dans la vertu d'un héros ou dans le crime d'un scélérat ; car la politique du peuple en est encore à inventer ces solutions commodes où il suffit de couronner un triomphateur au Capitole, ou de traîner un cadavre aux gémonies.

La plupart ne sentent même pas que leur consentement est volontaire, et qu'ils font acte de liberté en acceptant si follement ce qu'on leur propose avec tant d'arrogance. Ils croient fermement que l'autorité existe corporellement en dehors d'eux-mêmes, qu'elle a deux bras, deux jambes, deux mains, qu'elle se marie, mange, boit et dort. Ils s'inquiètent beaucoup de ce qui lui plaît, fort peu de ce qui est bien, et nullement de ce qu'ils veulent eux-mêmes. Cependant il en est de cette autorité, si largement dotée de la toute puissance, comme de toutes les entités dont la saine philosophie a fait justice. Fille de l'orgueil exagéré des uns et de l'humilité forcenée des autres, l'idole se dérobe aux regards dans l'épaisse fumée de l'encens qu'on lui prodigue. De nouveaux pontifes et de nouveaux adorateurs se pressent autour de ses nouveaux autels. Mais quoique adorée avec une cérémonie fastueuse, quoique ornée de la main des Muses, quoique chérie de Vénus elle n'en reste pas moins un insensible morceau de marbre qui, loin de défendre ses fidèles, serait impuissant à se protéger lui-même. Comment a-t-on pu oublier que le peuple, cet être immense et impénétrable, toujours vivant, toujours présent partout, ait réellement cessé un seul instant d'être le véritable et unique souverain ? Par quel aveuglement a-t-on pu concevoir la pensée sacrilége de le dépouiller de la puissance naturelle qui forme son attribut essentiel ? Il lui est complètement impossible de se soustraire aux lois éternelles et fatales, en vertu desquelles il existe indépendant et libre. Il possèdera toujours, malgré les renonciations les plus formelles et les plus réitérées, ce qu'il a toujours possédé, sa suprême autonomie et sa souveraineté immanente. Il lui plaît de ramper, de porter livrée, il est fatigué du spectacle de sa grandeur, il veut se donner la comédie de son propre asservissement ; mais il ne saurait abdiquer.

Afin de bien convaincre les admirateurs passionnés des hommes providentiels, il nous suffira d'établir la véritable nature du lien social qui rassemble les citoyens en un seul corps de nation. Croit-on qu'une convention arbitraire ait possédé la puissance surnaturelle de réunir des éléments jusque-là isolés et incohérents ? La masse ne choisit pas une condition de sacrifices que tant d'abus odieux rendent si peu attrayante. Ce n'est pas non plus un dictateur qui nous ramasse, qui nous enrégimente ; c'est la nature elle-même qui nous joint.

L'âme humaine ressent certains appétits d'expansion d'une essence relevée, dont la satisfaction est impérieusement réclamée. Chaque homme porte en soi quelque chose de plus grand que lui qui l'unit aux autres. Le petit Dieu de ce monde a beau se faire méchant, il n'est pas tout d'égoïsme, et quelque peu d'amour déborde de son cœur.

Mais chacun des éléments de la société conservant sa volonté particulière, son individualité personnelle, chacun d'eux influe nécessairement sur l'action générale, en vertu même de la relation sympathique qui rattache les citoyens. Le genre humain peut être considéré comme une masse sensible dont chaque molécule est douée de sensibilité, ou comme un être intelligent dont chaque partie contribue par le poids de sa volonté spéciale.

Il est donc incontestable que le corps social ne peut être affecté d'une manière générale, sans que tous les éléments intellectuels aient coopéré à la modification de l'esprit universel.

L'institution sociale se transforme parceque la transformation c'est la vie, et que la société est un organisme vivant. Il y a des retours de stérilité et de fécondité; le monde nouveau se meut dans la poussière du passé, les sphinx sont ensevelis avec leur secret sous les sables du désert ; quelquefois la vertu remonte au ciel : mais toutes ces alternatîves provenant du mouvement propre a l'humanité qui se développe, ne sauraient être attribuées au génie d'un imperceptible despote.

Comme il se conserve toujours une exacte proportion entre le mouvement produit et la cause motrice, toute action collective impliquant la coopération de chacun des citoyens, ne saurait être amenée par une cause adventice, hors de comparaison avec la grandeur et la généralité des effets.

Le concept de société renferme en soi le concept de souveraineté comme également étendu ; par conséquent le souverain ne saurait être que le corps social tout entier.

Peut-on concevoir qu'un dictateur arrive par la violence à imposer aux citoyens sa volonté personnelle ! Quels seraient les éléments de sa brutalité, si la masse ne les lui apportait spontanément ? Où puiserait-il la force, si ce n'est dans dans le sein même du peuple abusé ? Serait-il choisi par la Providence, mais sans déroger pourrait-elle descendre à l'emploi d'un tel instrument ?

C'est toujours le peuple qui s'asservit en quelque sorte de lui-même, qui, ayant choix d'être esclave, déserte volontairement sa naturelle franchise. Pauvres et misérables nations, opiniâtres en leur mal et aveugles en leur bien, qui vivent dans une grande misère quand Cérès tend son sein toujours fécond ! Pauvres gens qui se poussent eux-mêmes à la dernière extrémité, ne sachant où reposer la tête et végétant dans le souci du lendemain ! Pauvres et misérables nations, cessez d'accuser autres que vous-mêmes. Tout l'art pour régner se réduit à vous persuader que l'état de sujet est le seul dans lequel vous puissiez trouver votre subsistance journalière. Rien ne demande plus de ferme résolution, plus de persévérante patience, plus de persistante abnégation que l'état d'immobilité auquel le peuple se condamne lui-même. Si on mettait autant d'empressement pour obéir à l'esprit vivifiant, si on suivait sans crainte cette ardeur inquiète et hardie, ce tressaillement incessant...... ah ! soyez donc libres, il s'agit seulement de le vouloir d'une manière ferme et distincte.

Que ne voit-on de plus près ces hommes divins, en qui l'on voudrait résumer des générations tout entières! Comme on rirait du peu de science des plus savants, du peu de sérieux des plus respectables, du peu de vertu des plus irréprochables. On les trouverait semblables à la généralité des citoyens, au milieu desquels ils vivraient obscurs si quelque coup du sort ne les avait tirés de l'ombre. Il n'y a pas si loin entre un héros et un scélérat, que beaucoup des plus criminels ne renferment l'étoffe d'un grand homme, et que plusieurs des plus estimés parmi les puissants, ne soient au fond des scélérats très consommés.

Cependant il se trouve dans l'esprit du peuple un grand

sentiment d'humilité qui le porte à se prendre d'enthousiasme pour le premier empirique. Sa sagesse se borne encore à changer de docteurs quand il a reconnu l'imposture. Mais ce qui est juste et digne possède seul le pouvoir d'assurer le repos de la nation. Ceux qui ont conduit la démocratie à chercher sa formule sous les lauriers du génie et de la gloire, se préparent d'amères déceptions.

Quand un peuple a laissé voiler la statue de la Justice, quand il a sacrifié la Vertu sur l'autel de la Peur, quand il a renoncé au culte du Dieu vivant, croit-il se dérober au courroux de l'Éternel, en s'ensevelissant dans les ténèbres de l'idolâtrie ? Toutes les fois qu'on élève le veau d'or sur les places publiques, il y aura réaction nécessaire de cette indignité ; les scandales de la maison d'Achab retentiront dans tout Israël, jusque dans la plus obscure des chaumières.

La souveraineté n'est pas un fardeau inutile dont le peuple peut se débarrasser quand il le trouve trop pesant. Il ne gagne même pas un précaire repos en se donnant un maître. Quoiqu'enchaîné maintenant, il éprouve cependant encore les mêmes mouvements d'anxieuse espérance et d'inquiète sollicitude.

L'état de sujétion blesse d'autant plus qu'il est impossible de rencontrer quelque modération chez les gens poussés au plus haut rang par un accès d'égarement général. Les plus sensés eux-mêmes y perdraient la raison, tant le spectacle de la grandeur semble fait pour enivrer et donner le vertige. Ceux qui avaient goûté aux entrailles humaines mélangées à la chair des sacrifices, étaient changés en loups. Ainsi ceux qui ont touché aux mets de la table des princes deviennent tout-à-coup faméliques et insatiables. Loin de désarmer leur courroux, la servilité elle-même l'aiguillonne et le ravive. Ils méprisent ce peuple qui leur prodigue si follement ses trésors, qui leur prostitue sa gloire, et qui cède à leurs plus honteux caprices. Mais ils ne s'en tiennent pas à le mépriser, ils en viennent bientôt à le haïr assez, pour désirer qu'il ait une seule tête afin de pouvoir l'abattre d'un seul coup. Ils conçoivent des pensées inhumaines comme d'embellir une capitale afin de sentir plus tard une joie plus raffinée en la livrant aux flammes.

Il y a comme un emportement d'ambition déréglée, auquel le peuple répondra par un emportement de servilité. Quand il essaie d'un nouveau maître, il ressent dans sa fantaisie toute l'ardeur qu'il montrait naguères pour assurer son indépendance et son véritable bonheur. Alors il s'introduit dans le commerce de la vie, un élément nouveau de corruption et de honte, car toutes les mauvaises passions sont stimulées par une adoration publique de la fraude et du mensonge. Le crime est solennellement érigé en modèle de vertu, la concussion devient un titre pour gérer les affaires de l'état, le dol reçoit une récompense officielle, le parjure est hautement prescrit, l'ignorance devient obligatoire pour les fonctions de science. Toutes les barrières sont renversées par la brutalité des satellites; la toge écrit les arrêts quand l'épée ne sait pas lire.

On sait jusqu'où peut s'élever la grandeur d'âme, la vertu semble avoir des bornes; mais le dernier degré de la bassesse et de l'ignominie n'est pas encore connu. Ne citez point ce qui fait émotion parmi les crimes du jour, demain il se rencontrera quelque chose de plus hideux encore qui fera oublier ces crimes-là.

Cependant la nation sera contrainte par la force des choses de renoncer aux erreurs dans lesquelles elle se complaît; il y aura comme un remède suprême au mal dans son excès lui-même. O misère, grande et féconde misère, mère austère du progrès et de la liberté! Tu veilles encore en gardienne fidèle sur la dignité des nations abusées : ton fouet redoutable fera redresser les plus timides et rugir les plus patients !

Quoique le peuple ait signé un testament monosyllabique, il ne faut pourtant pas croire qu'il soit encore bien éloigné de comprendre toute l'importance de ses droits. La volonté générale ne pouvait être subitement éclairée par les plus subtiles lueurs de la raison. Car il y a des degrés en toutes choses. L'enfant débute par marcher à pas incertains.

On ne perd pas en un seul jour des habitudes de tant de siècles. Quel tyran plus jaloux que l'usage, seul et vrai maître du monde ! Si l'on n'avait accoutumé d'être malheureux, comme on serait vite guéri de ses maux ! L'habitude, a-t-on dit, est une seconde nature. Il eût été plus sage de dire : l'habitude constitue la seule nature suivant laquelle nous nous connaissions. Ne sommes-nous pas transfigurés de telle sorte, que notre égalité native est elle-même complètement dissimulée ? La coutume entretient comme un entrain d'esclavage chez des êtres faits pour vivre heureux et libres.

Egarée par de vieux souvenirs, la nation veut encore une fois charger quelqu'un de penser et d'agir pour elle. Mais l'esprit nouveau a tellement pénétré les masses, qu'il est impossible de déguiser plus longtemps sous la livrée monarchique la souveraineté naturelle du peuple.

Plus prompte à se modifier, la volonté générale est en même temps moins pénible à se formuler. Elle perce de toutes parts, et fait trembler le chancelant échafaudage.

Le peuple a beau se faire petit, humble et docile, le jeu terrible dans lequel il cherche à se duper lui-même, n'aboutit à rien fonder de durable, et ne fait que préparer des conflits sanglants. Triste et déplorable issue de cette grandeur factice et mensongère, de cette illusion idolâtrique qui place un homme en face du peuple, une goutte d'eau en face de l'Océan !

Relevons enfin la tête et cessons de gémir sur les événements récents qui nous ont si cruellement éprouvés ; malgré les apparences les plus contraires, ils sont encore favorables à la Démocratie. Une horreur involontaire, hélas trop justifiée ! nous a entraînés à méconnaître le véritable caractère des derniers épisodes de la révolution.

En effet, le vainqueur n'a pu escamoter une précaire victoire, sans nous dérober nos armes et nos étendards. C'est sous le masque du parti populaire qu'il est descendu dans l'arène. Habile coup d'audace ! Mais en paralysant les généreux efforts des défenseurs des lois, il n'a que mieux constaté l'impuissance radicale des partis monarchiques. Le droit divin est mort. Il faut parler en tribun pour émouvoir les masses. Il y a une logique impitoyable qui conduit les hommes du passé à miner eux-mêmes les bases de leur puissance, par un intempestif appel à la souveraineté populaire, quand leur rôle désigné est d'intriguer dans l'ombre et le silence. Leur succès même, tourne à propager les idées qu'ils voudraient étouffer, car le peuple ne saurait conserver le plus léger doute, en les entendant invoquer les principes qu'ils ont tant d'intérêt à ensevelir dans l'oubli. Il était écrit que les princes seraient les premiers hérauts de la Révolution triomphante. Il fallait qu'ils vinssent, couronne en tête, jouer le principal personnage dans la proclamation du droit nouveau. Ce spectacle étrange pouvait seul entraîner les esprits rebelles à la raison pure. Les contrastes sont ce que le peuple entend le plus facilement, et la conviction descend ainsi dans des régions ou la philosophie ne saurait encore atteindre.

C'est une démonstration grossière appropriée à l'intelligence du vulgaire. Mais enfin c'est une démonstration qui vaut bien ce qu'elle nous a déjà coûté, et ce qu'elle nous coûtera peut-être encore. Il faut des coups éclatants pour toucher ceux qui sont restés étrangers à l'art de réfléchir. Rien de plus éclatant et de plus solennel que cette tentative désespérée du rétablissement de l'ordre monarchique sous la triple invocation de l'égalité civile, de l'inaliénable souveraineté du peuple et du salut public. Les vaincus ne sont pas les mitraillés et les déportés, ce sont les véritables vainqueurs.

Un génie malfaisant était parvenu à lire le mot gravé sur le sceau de Salomon ; il le prononça en formant des vœux impurs, car son cœur avait conçu de la haine contre la vertu. A sa voix, l'ordre de la nature se troubla, les cieux furent mêlés ; il se réjouissait déjà quand il se sentit tout-à-coup maîtrisé par une force irrésistible, pendant qu'un monde nouveau surgissait de toutes parts. L'insensé, il ignorait que le mot fatidique fût écrit pour amener le triomphe de la Justice ! Celui qui le fait retentir avec une pensée mauvaise parmi les nations, est frappé pour sa criminelle audace ; mais les heureux destins s'accomplissent.

O vous qui êtes morts pour le Droit, vous serez assez vengés ; vous qui souffrez pour la Justice, prenez un courage nouveau, car les Dieux ont accepté votre holocauste. Mais ne vous plaignez point que le sacrifice ait été consommé par de sombres aruspices. On ne pouvait confier à des vestales le soin de verser le sang innocent qui devait rougir encore une fois le sol de la patrie.

Le gouvernement est toujours au fond des choses, adéquat à la volonté générale. Il ne fait en quelque sorte, que réaliser, en résistant plus ou moins, les déterminations des masses qu'il méprise et qu'il exploite. Les voies que la nature emploie pour mettre en harmonie la vie réelle du peuple avec la volonté générale, sont inconnues et mystérieuses. Le suffrage universel lui-même, n'est pas un moyen infaillible pour constater l'état de l'opinion publique ; c'est un symbole au moyen duquel on avertit expressément chaque citoyen, de la part d'initiative qu'il possède dans l'état de société. Le peuple qui établit des institutions franchement basées sur ce principe, proclame la loi des véritables rapports sociaux. Il rehausse ainsi les sentiments des plus humbles et des plus affaissés, et réveille un mouvement d'orgueilleuse dignité dans chaque membre du Souverain. Au contraire, les nations aveuglées qui, en déguisant follement la nature des choses, rapportent tout à la volonté d'un seul, alimentent des idées basses et honteuses de servilité. Les imposteurs qui se croient intéressés à souffler à la foule des désirs d'abaissement, ne peuvent se dispenser d'obéir, en dernier ressort, à la volonté de la multitude vile, parce qu'ils l'ont volontairement avilie, ignorante, parce qu'ils l'ont sciemment trompée. Le mensonge n'est pas un subterfuge qui dispense d'agir suivant les lois nécessaires, car on ne ruse pas avec la nature.

Quoiqu'on dise, quoiqu'on fasse, le peuple sera toujours le seul souverain réel ; par conséquent on ne protégera jamais une minorité raisonnable, en affublant un mannequin des signes apparents de la souveraineté. On accroîtra follement le danger, en dégradant la masse par l'exemple démoralisant d'une servilité scandaleuse. La simple prudence engage à éclairer le corps des citoyens, afin qu'il formule ses désirs, et qu'il palpe pour ainsi dire sa puissance.

En effet, par cette politique plus raffinée, chacun arriverait promptement à saisir la notion de sa responsabilité et se tiendrait en garde contre des erreurs dont il comprendrait enfin le danger. L'esprit abject qui se croit destiné, par infériorité naturelle, à végéter dans la servitude, obéit aveuglément aux instincts bas et rampants dont vivent les âmes dégradées. L'homme conscient de sa dignité puise ses inspirations à des sources plus relevées.

Il faut un emblême éclatant de liberté pour raviver la flamme qui s'éteint. Croit-on guérir les maux du corps social en retournant aux déplorables erreurs de l'idôlatrie monarchique ? Combien sont mieux avisés et plus sagement conservateurs, les iconoclastes dont le marteau révolutionnaire fait voler en éclats les symboles décrépits des âges barbares.

Le grand obstacle étant le peu de science, il faut se livrer à une étude patiente et approfondie. Rien ne doit être négligé de ce qui peut instruire, rien ne doit être respecté de ce qui peut égarer. Cependant, on maudit l'intelligence. Eclairer est devenu un mot factieux ; ce serait encourir le châtiment réservé aux criminels de lèse-majesté que d'allumer une lampe devant l'autel de César. On doit l'adorer à tâtons.

Malgré toutes les ruses, toutes les fourberies, toutes les impostures, la nation vit toujours sur son propre fonds, elle obéit à ses instincts naturels. L'habilité des politiques ne consiste pas à refouler les flots de la mer populaire ; leur calcul se réduit à deviner où tourne le vent.

Il ne faut pas, néanmoins, se prévaloir de cette concordance inévitable entre les événements et les déterminations du peuple, pour légitimer un régime d'oppression. L'esclave lui-même consent à la servitude; mais sa volonté terne, en quelque sorte purement passive, est un obstacle à l'affranchissement d'un être ignorant. Elle ne constitue pas un consentement valable qui ait qualité pour conférer au maître un droit sérieux. Au contraire, la crédule bonhomie du peuple doit être considérée comme une circonstance aggravant le crime des imposteurs. L'insensé, aussi bien que l'ignorant, possède une volonté et agit suivant son bon plaisir. Irait-on cependant vanter l'état de folie, s'étudier à le prolonger, et dénigrer l'usage de la réflexion ? C'est ainsi pourtant que parlent les apologistes de la monarchie.

A quel degré est-on descendu, qu'il soit proposé comme solution définitive de tromper le peuple sur la véritable nature du lien social ? Aurait-on déjà oublié les douloureux enseignements du passé ? Ne sait-on plus que : semer l'ignorance, c'est préparer la sinistre moisson des excès !

L'institution monarchique introduit dans les ressorts du gouvernement une complication grossière, bonne pour l'enfance de l'art. Elle constitue, contre le vœu de la nature, un organe factice et impuissant de souveraineté conventionnelle. Elle traîne avec soi un élément de dissensions, un ferment de discordes. Il y a comme une manière de souverain postiche qui, ne pouvant résister à la volonté générale, travaille à en ravaler l'expression avec une perte prodigieuse de forces vives, dépensées en frottements inutiles ou dangereux. La monarchie poursuit systématiquement un but funeste au repos public ; car elle s'attache à détruire ce sentiment de dignité civique qu'il importe tant de relever. Que d'esprit l'on dépense pour démontrer au prolétaire qu'il est jeté dans le monde pour végéter en valet rudoyé, qu'il a un cerveau pour la forme, un cœur par dessus le marché, mais qu'il est en réalité une paire de bras, ou un couple de jambes.

Cependant la seule garantie d'ordre qui puisse rassurer le sage, réside dans l'ambition légitime et l'amour intelligent de la patrie, sentiments que le despotisme redoute comme les racines vivantes de la démocratie et qu'il poursuit en vain jusque dans les entrailles du peuple.

La loi est en réalité la voix de la conscience générale, l'acte d'intelligence par lequel le peuple prend connaissance de la raison universelle. Quand la société abusée méconnaît les conditions de l'être, quand elle laisse proclamer en son nom un tissu d'affirmations mensongères, elle accumule de terribles orages.

Tout invite donc à proclamer l'état républicain comme le seul rationel, le seul favorable au progrès pacifique et régulier.

Heureusement, le succès de la fourbe est bien compromis par le libertinage du siècle. Le souffle vivifiant de la révolution a tout pénétré ; les vagues tumultueuses ne sont plus superficielles, les remous descendent au sein même de l'impénétrable Océan.

Une monarchie hors d'âge, ne peut se farder avec assez d'art pour dissimuler ses rides repoussantes. Que vientelle faire au milieu des nations rajeunies ? La démocratie coule à pleins bords dans la société moderne, les rois s'en vont définitivement. Aussi les regrattiers amoureux du régime qui les gorge, voudraient-ils donner le change sur les véritables principes dont le pouvoir césarien est la haute expression.

Plaisants imposteurs, ils voudraient démontrer que la démocratie a rencontré sa formule dans le nouvel ordre de choses, comme si la souveraineté du peuple devait périr, épuisée par le laborieux enfantement d'une dynastie !

Un gouvernement populaire n'éclipse pas la majesté de la nation derrière une charte rapiécée ou un plébiscite transparent ; il ne prodigue pas dans les lupercales, les trésors arrachés à la foule ignorante. Un fils légitime de la révolution égalitaire n'a que faire de veneurs et de chambellans. Il n'ira pas recueillir les dernières gouttes de la sainte ampoule ; son front dédaigneux d'une gothique couronne, portera le signe de la force que donne la justice.

Comme il est impossible au tyran le plus déterminé de se soustraire complétement à l'influence de la nation, si on consentait à appeler démocratique tout gouvernement astreint à compter avec le sentiment des masses, le monarchique pourrait aussi recevoir ce nom.

Mais il importe de ne pas adopter une dénomination insidieuse propre à duper l'ignorance. Démasquons un pouvoir ennemi du peuple et attachons lui la seule qu'il mérite sans conteste. Réservons le nom de démocratique pour l'état où la nation reconnait, constate et exerce régulièrement sa puissance. Gardons-nous de confondre sous le même terme, le régime dans lequel tout est basé sur une basse hypocrisie, visant à entretenir indéfiniment l'abaissement des caractères.

N'accordons pas une qualification honorable à ce pouvoir ténébreux qui travaille à détruire tout sentiment d'honneur afin de conduire l'homme à un état voisin de l'animalité.

Chacun possède en soi un élément de la souveraineté inaliénable de la nation ; par conséquent chacun de ceux dont l'opinion se détache du pouvoir, porte un coup irrémissible à l'ordre établi. Il faut donc réagir contre ce régime taciturne. Quand la tribune a disparu, quand la presse est réduite au mutisme, qu'on recueille avidement les bruits confus, qu'on saisisse le sens des indiscrétions qui échappent, qu'on réfléchisse, qu'on compare et que l'on se souvienne. Nul ne doit demeurer étranger au soin des affaires politiques : il importe toujours de se former une opinion raisonnée et de vouloir fermement. Tout changement dans l'opinion publique se traduit par un changement corrélatif dans la marche du pouvoir, et l'opinion générale se compose de la somme des opinions particulières de chacun des citoyens.

Ce n'est pas un malheureux hasard qui produit l'asservissement ; ce n'est pas un homme qui domine la masse frémissante, ni une main qui arrête la vie de la nation. C'est au fond de chaque cœur que trône la servitude ; c'est là qu'il faut ruiner la puissance du despote.

" Vous vous inquiétez sur la place publique, ô volages Athéniens, si Philippe est mort ! Pas encore, répond-on, mais il est malade... — Que vous importe la santé de Philippe, car s'il mourait par hasard, vous auriez bien vite créé un autre Philippe par votre crédulité, par vos lâches défaillances. Sachez-le, ô hommes d'Athènes, chacun de vous doit chasser de son cœur ce qui fait toute la force de Philippe ; car ce n'est ni son or, ni ses armées, ni ses valets, ni ses boureaux, mais c'est uniquement votre volonté même : chacun de vous lui prête la main. Ah ! sachez-le, vous auriez grand'peine et petit avantage à repousser le tyran, si vous ne formiez dessein de vivre désormais en hommes libres. Mais s'il en est ainsi, Philippe est perdu sans retour ; ni ruses, ni terreurs qui prévaillent quand le peuple est résolu. "